在时光的边缘

冯庆川◎著

黄河出版传媒集团
宁夏人民出版社

图书在版编目（CIP）数据

在时光的边缘 / 冯庆川著．—银川：宁夏人民出版社，2017.12

ISBN 978-7-227-06815-0

Ⅰ．①在… Ⅱ．①冯… Ⅲ．①诗集—中国—当代 Ⅳ．①I227

中国版本图书馆 CIP 数据核字（2017）第 320565 号

在时光的边缘 冯庆川 著

责任编辑 杨敏媛
责任校对 白 雪
封面设计 王 稳
责任印制 肖 艳

黄河出版传媒集团
宁夏人民出版社 出版发行

出 版 人 王杨宝
地 址 宁夏银川市北京东路 139 号出版大厦（750001）
网 址 http://www.nxpph.com http://www.yrpubm.com
网上书店 http://shop126547358.taobao.com http://www.hh-book.com
电子信箱 nxrmcbs@126.com renminshe@yrpubm.com
邮购电话 0951-5019391 5052104
经 销 全国新华书店
印刷装订 四川金邦印务有限公司
印刷委托书号 （宁）0007517

开本 880mm×1230mm 1/32
印张 6 字数 150 千字
版次 2018 年 3 月第 1 版
印次 2018 年 3 月第 1 次印刷
书号 ISBN 978-7-227-06815-0
定价 38.00 元

因为有一颗诗人之心
让我从悲苦中看到美与好

——致诗友和读者

用生命写作的诗人

——冯庆川诗集《在时光的边缘》序

曹纪祖

读冯庆川的诗，不禁感慨系之。这是一个用生命写作的诗人。他对诗歌用情之深，或令当今的诗歌玩家汗颜。他的诗，既有还乡情结，更有生命喟叹。成熟的抒情风格与古典主义色彩叠加，内涵丰富，意蕴绵长，语言老练，颇可一读。对诗歌的毕生追求是他创作的旨归。他的许多诗，都反映出他对诗歌的一往情深和独特的理解。正如他在“《诗经》之经纬”中写的那样：“诵三百，弦三百，歌三百，舞三百/《风》若天籁之音，荡乎于流水/《雅》如王畿乐歌，酬唱于公卿列士/《颂》为祭祀舞曲，与神灵一脉相通”。而“唐诗的沃野上不乏岛瘦郊寒/宋词的轩窗下可见芙蓉并蒂”。在网上冲浪，鼠标任性的当下，他郑重呼吁：“走过两千多年，悠悠我思/若想寻觅心怀善意的知音/且把《诗经》的经纬理顺/以真善美为导航的坐标。”他对现实生活中一些浮华与虚设之反思，对中华文明传统的怀恋，对真善美的执着，已在这里表达很充分。

《致诗歌编辑部》，是他有代表性的作品：

也许只是一张轻飘飘的素纸
被日光月影渲染
由雨点泪花浸润
衍变为破茧之蝶的彩翼

像新年的挂历，飞上墙头
预言宿主命运，或许会一语成谶

城头变幻，千年的江山几多易帜
千年的诗笺仍在击鼓传花
无论是烽火连三月，还是多情笑我
蝇头小楷，在岁月的凹槽里
已成昔日黄花，开不出曾经的豆蔻年华
连娘家都在门扉上挂出了 QQ 邮箱
鱼雁传书只怕要折断羽翎
远嫁的习俗女子持一张草草的素笺，近乡情更怯
谁叫你如此昼伏夜行

娘家不嫌，再三抚慰
只要是嫡出门庭
只要有诗的内核
就不必在乎纸或电子作为介质
形式如墙上的镜框
经不住透视，只适宜补壁
不必怕轻飏飏的诗笺飘来
就怕细细掂量时
感觉不到诗魂沉甸甸的分量

不知道如今人们读着这样的诗句有何感想？总之文学曾经是那么纯真，作者与编者都是那么深情。社会习气不似今日之无奈。时移事易，江湖多变。但他依然认为好诗如远嫁归来的女子，娘家不会嫌弃；他依然认为传递形式与内容之间，内容才是决定因素。作者以未了的深情，写出了关于投稿的心理体验，那种“近乡情更怯”的比喻，贴切而真实。从中我们能看到诗人一贯的情怀，看到诗歌之于诗人的神圣。这与其

“《诗经》之经纬”的指向是一致的。

有人说，诗人的天职是还乡。而冯庆川也感叹：“走不出的乡愁/断不了的病根。”这个乡愁病，是诗，也是岁月的流逝。但既经走出，肯定是回不去了。由农业中国向现代中国迈进，社会如许动荡，人心如许迷惑。怎样对待社会的变革，人们会有不同的思考，不同的态度。而在诗人的眼里，他对城市的噪音、金属、水泥、霓虹灯、高楼等，深感压抑。他形容“雾霾是蒙面大盗的黑袍”。他深感被围困，而渴望“读一本老版线装书”，去“重温古典”。他认为：“电脑的笔画虽然工整，却少了宣纸上楷书的质感”。其实在诗人的乡愁中，与其说他对有些现实格格不入，不如说更多的是对于传统的留恋与对生命流逝的惊叹与无奈。在《黑与白》中，他说“青春名牌”的黑头发，“如今已漫过头顶”。对于城市的染发，他认为是“本味的生活掺进了太多的添加剂/黑白颠倒被喻为老少咸宜”。这当然是借题发挥了。而“在最后交出来的灵魂的白卷上/只让三根黑亮的头发竖起/——母亲给我取的真实姓名”。这些，其实都与生命意识相关。

确实，生死忧患是诗人最难释怀的情绪。青春易逝，岁月不再。所以他还有不少写医院写病房的诗。如《在挂号室的窗口中》他写道：“生死无常的偈语/在窗口由陌生人潦草地书写”。而“挂一次号形同抽一次签/咳一声嗽类似报一声到”。他感叹：“一滴血就能解析我的梦魇/一堆情感又到哪里去称重”？（《化验单上的诗意》）。但他对医生的救死扶伤，有着本能的善意：“医者永远怀有僧侣之心/举步轻若莲花/让每天这一步的光景/都如日月一样圆满。”

冯庆川区别于其他诗人的地方，正是他把生命意识与诗歌情怀结合起来，形成诗与人一体的抒情。生活在当下城市中的诗人，不清楚“究竟是乡愁让城市更愁/还是城市让乡愁难愈”，他对变革中的有些变异是不认同的，但却因之更多地向诗神致敬。《与诗神重逢》这类诗更进一步道出了这位以诗为命的诗人对诗的不解情缘。他庆幸诗神不介意他的失态，“搀扶起我的大半个世纪光阴”，他感叹自己老了，而“诗神永远年轻”。他写道：“满大街都是玄幻小说的题材/情节都很夸张，情绪穿越而过/快餐店的桌子太拥挤无法落笔/想押上民歌的韵脚总是错位/诗神是从我当知青的山坳里来的/黄角兰仍吊在耳垂/还是当年山风里摇曳的情愫/懂不起城里的微信是超音速的/还以为要写一夜的情书/在绕山绕水的树林里呼唤平仄。”在他看来，诗歌才是抗拒异化的不老良药。在《梦回大唐》中，他更明确地写道，大唐浮华盛世，真正能留下的是诗歌，是那永远流淌的民族文化的血脉。而他在具体的表达中，常常化用古诗词神韵于笔端，不时见出其古典文学的学养。

对于乡愁，诗人其实也有许多具体的追忆，对故土与亲情的眷恋，也许是他对自己身处高楼之中的慰藉。他从还乡的精神旅途中，找到了自己的魂之所系。他还写饮茶者、漂泊者、写作者、隐居者等等，从不同角度，形象地昭示了人性的不同侧面或生命个体在各种情景中的不同体验。而《互联网+……》《抒情的嬗变》等，则始终表现出他对现实的心理龃龉。而在艺术表现上，他的诗在整体的抒情风格中，显示出化用古典诗词为我所用而又不露痕迹的特点，选题与抒写，均有中华民族传统文化的意味。与当下流行的述说式、口语式、哲学玄化式是不同的。他的语言成熟、老练，但并不陈旧、落套，这在当今依然活跃的老一辈诗人中，是不多见的。

王国维说：“客观之诗人，不可不多阅世。阅世愈深，则材料愈丰富，愈变化，水浒传，红楼梦之作者是也。主观之诗人，不必多阅世，阅世愈浅，则性情愈真，李后主是也。”从冯庆川的创作看，他深入内心的作品居多。无论是对诗的理解和言说，无论是在病中对生命的感喟，无论是还乡情结的抒发或与外物的沟通，他都显得内向而深入。似乎可归结为“主观之诗人”一类。然而，事实上他对社会现实是了解的。因之，立足于自身对生活与诗歌的理解，他的笔下其实也充满了批评色彩。而他自己，则在自觉地进行“灵魂的选择”，从而形成了自己的风格。

总之，诗、生命、乡愁以及时代变革中的内心冲突，是冯庆川诗歌的主要内容。这些内容映射出这个时代的心理焦虑，反映出这个时代的复杂情态与对人性的影响。走向现代文明是改变不了的历史趋势，回望故乡是诗人特有的情怀。而我们在对于冯庆川诗歌的阅读中，赞赏的是那种对中华民族传统文化的热爱，那种对生命的恋恋不舍与对诗歌的命定的选择。正如他在诗集的“自序”《守望“诗和远方”》中所说的那样：“古典和现代的诗潮就像血缘相袭一样让我诗思澎湃，就像大风与孤帆，只有懂得风向的帆才能远行。”

祝福冯庆川写出更多的精品力作。

2017 年 12 月 16 日

曹纪祖，四川成都人。毕业于四川师范大学中文系。中国作家协会第七届、第八届全国委员会委员。四川省作家协会前副主席兼秘书长，现为名誉副主席。一级作家。曾担任第四届、第五届鲁迅文学奖评委。

守望“诗和远方”（自序）

远方才有心灵的家园

“生活不止眼前的苟且，还有诗和远方的原野”，写词曲的高晓松说出了人们怀有的念想。先前我一想到这句歌词的时候，更多是想到诗艺本身，即诗是理想的升华，情感的浓缩，是浪漫情怀和现实生活的结晶。因为写作是孤独的，诗人是孤独的，甚至苟且的，所以憧憬远方，那里才有梦想的心灵家园。当我今天在孤岛困坐，不经意间读到了当代一位诗人臧海英写的一首《囚徒》时，忽然有新的感悟。这首诗以暗喻的手法写出当下社会中我们每个人的命运——想要逃脱各种欲望的束缚而不得，甚至在逃离的过程中更加深陷生活之网。从这个意义上讲，凡被名缰利锁的人都是囚徒，这是作者的原意。但我读完后意犹未尽，想到诗还应有另一层深化的诗意，该用什么来支撑囚徒的精神世界呢？我以为就是“诗与远方”。这个远方可以是抽象的，也可以是具象的；是眼睛能够看到的，也可以是心灵感应到的。远方象征着纯净、清丽，天人合一、万物同生，尤其当我在真实的孤岛，孤独地行走在时光的边缘时，这种感受就更加强烈。因为诗，我的内心才淡定而充实。读诗和写诗带给我的，是对真正的囚徒的救赎和重构。

我也知在当下，在孤岛之外，“诗与远方”因为“手机—微信—诗歌”的合体，使诗歌成为日趋大众化的精神需求品，这可以说是诗人生逢其时的荣幸。我谨期望诗不要成为杂味的佐料，失去本真的自我，而永远是远方湛蓝的晴空，永远是远方没有被流沙填埋的一汪清泉，没有被虫蛀的一片绿叶……

怀揣一颗“僧侣之心”返乡

久违的国学热潮近来又在中华大地风靡，这确是中国传统文化的理性回归。我一直都试图在儒家的“仁”、道家的“道”和佛家的“空”中寻见相连的肌理。孔子倡导的“仁义”，孟子说的“恻隐之心，仁之端也”，老子推崇的“上善若水”，佛家传诵的《心经》，应该说都有相通的心性。诗歌作为一种文化的载体，不可推卸的有“文以载道”的天职。因此，怀有一颗“僧侣之心”，无疑对诗人以诗的语言外化其人格、秉性都是十分有益的。一切学识、知识、文化符号在诗人心中的积淀，都需要通过本真的秉性来流露。

鱼是很有佛性的，有人问寺院大师，为何念佛时敲木鱼而不敲鸡、羊或其他仿物？大师告知：世间最勤快的莫过于鱼，从不闭眼，不停地在游动，如此勤奋了还需敲打，何况人乎？原来如此！名为敲鱼，实为敲人。又说鱼的记忆力只有七秒，所以快乐稍纵即逝，烦恼也是蜻蜓点水，无所谓露喜，亦无所谓含忧，这是否也暗合了佛家的“空”呢？我在孤岛常听到默诵《心经》的心声，让我记忆犹新的是最起初的那 25 字：“观自在菩萨，行深般若波罗蜜多时，照见五蕴皆空，度一切苦厄。”

以此心境再读诗或写诗，我似有豁然洞开的觉悟，再去欣赏自己喜欢的那类充满禅意的国画、书法，竟有一脉贯通的灵窍。德国哲学大师海德格尔对诗艺有非常独到的解析，他认为：“诗人的天职是返乡，惟通过返乡，故乡才作为达乎本源的切近国度而得到准备。”这里的返乡如同人生旅程中不断接近的终点，也即是初心的起点，是灵魂最终皈依的地方。他其实就是要我们去深刻发现并呈现人的生存状态和精神困境，以多种方式探究如何“返乡”的人心人性，这可以说是怀有“僧侣之心”的诗人的使命和创作源泉。

此刻，忽然想起过世不久的法国诗人伊夫·博纳富瓦写的“通过寂静，战胜时间”，我瞬间便沉静下来。

在诗的意蕴里惬意地浸润

新诗已迎来百年华诞。五四时期，以白话和借鉴西方诗歌的表现方式，创立了白话自由诗。尝试之后，自由派、格律派、象征派、现代派、九叶派相继出现，到20世纪80年代的朦胧诗，直接从象征派、现代派、九叶派那里汲取血脉和因子，产生了一种全新的诗歌形态。我经历过20世纪80年代“崛起的诗群”的狂热洗礼，骨子里留下了深刻的烙印。但不管怎样，万变不离其宗，诗还是有道统的。老子曰：“道生一，一生二、二生三，三生万物。”伟大而不朽的诗歌是普世文化的结晶，是民族文化诗意的最高体现，必然会体现在情感经验的浓度、精神思想的力度、诗性思维的锐度、语词歧义的跨度上。

诗意是种扣人心弦的东西。新世纪以来的诗歌广泛涉及的文体体式、语言形态、风格面貌、架构肌理、修辞技艺、节奏韵律等，体现了诗的美学价值。诗的技艺问题是不容忽视的，我尤其看重的则是诗的内在形式结构。意象只是表层，是诗歌最小的“预制板”和不断生成、分蘖的“细胞核”。而深沉的结构则是意蕴，意蕴是潜伏在文本暗处的意思、意味、意义、韵致，是诗歌最具增值的“诗想”。由意象到意蕴，这美妙的赏析过程使诗意得以最终显现。中国古典诗歌对意象的重视和80年代北岛等诗人对西方象征派诗歌的借鉴，以象征为主导的结构方式，以及通感、隐喻、视角变幻、变形、蒙太奇等艺术技巧，在今天的写作中，很是让我不自觉地流连。哲学的思考是没有象征的，只有诗才有象征。我时常期冀借助一些暗含意蕴的感性形象，隐约暗示某种情绪或意念，也就是“借有形寓无形，借有限表无限，借刹那抓住永恒……”

孤陋寡闻如此，只能挂一漏万揣读自己心仪的诗篇。今天因为身在孤岛的缘故，留意到古今不少用“船”的意象寓着漂泊之感、故人之思的，也可以说是寓意的内涵——“自由”。这些诗往往运用音响、色彩、动景、静景来烘托这种情感，借船来表达诗人身不由己的无奈和孤独感，飘浮流落之感，这情景交融的意境让我于今深深地沉迷其中。

古典和现代的诗潮就像血缘相袭一样让我诗思澎湃，就像大风与孤帆，只有懂得风向的帆才能远行。

我欲乘着风的翅翼，沿时光的边缘，向着“诗和远方”，再次起航。

以上随感，谨为自序。

2017年11月8日

目 录

第二辑 尘埃里 花开向晚红

第三辑　生死帖　悲欣纸上薄

第一辑

册页晚　风往何处吹

等待写诗的季节来临

为写诗等待一个梦寐以求的契合点
等季节轮换时何处情景交融
日子始终是系于时光的一个锁孔
那支笔如果不赶快解码
绝美的光阴也许就大腹便便地
招摇在市井的喧嚣中，或者
在猩红色涂抹的夜幕下
折断成不会思考的芦苇

无谓的等待形同无形的销蚀
如果李白要耽于霜冷寒重
再皎洁的月光也只是过眼的泡沫
而灵感是经不起等待的
风烛残年的诗意里
皱巴巴的老榕树树皮
稍不留意就剥落成灰烬

等待一个惬意的季节可能很纠结
可能误失良辰和经典的笑靥

季节的脚步有时完全无序
颠倒黑白有时又要小孩子脾气
不知笔落于哪一处忘川之水
无意间会否溅一滴玄机
浪花又不能任你揣进衣兜里
一不小心就会包藏祸心

最是很随意地坐在风生云起处
看季节如心情随性而起
日子似翻非翻如风一样似来非来
不在乎缭乱的枯叶故弄玄虚
禅定地看遍这山这水这岁月如注
这古道西风夕阳下，纵是瘦马
有诗囊同行，也还是一番景致

诗的素描

——给年子

桑榆间有一素衣女子
微醉于桑葚的紫红
她摘一片桑叶欲掩住羞涩
犹抱琵琶，只一双杏眼
泛动三月的桃花戏水

诗的线条多半朦胧
擅长描摹夜影中的轮廓
而周遭的山势崔巍
煞是铁马金戈浩荡而行
这一袭素衣裹不住如此庞然的阵势
点点绣红
只可在意象中漾漾地渲染

也可时髦一下自拍，或叫顾影自怜
但毕竟少了点题的弁言跋语
桑榆间的素衣女子
本就适宜五言绝句的白描
繁繁复复的汉赋铺陈
怕还要等几十年光景

回望炊烟

在城市和乡村的边缘上
回望泛着夜光的天际线
有一道隐约的山梁
炊烟堆起积雪
在山顶上柔美，风乍起
如母亲苍凉的白发飘拂
我挥动手臂想轻轻地抚摸
母亲的白发啊，山梁上的炊烟

很小的时候，炊烟呛人
濡湿的柴薪燃不起渴望的灶火
茅屋很矮，母亲很瘦
灶台很高，我很饥馑
远远的放学路上最盼望炊烟升起
升起来可以拴住山梁上的月亮
一夜掌灯，一夜的温饱
一夜的梦幻月色如水
我的心房酿满儿时的甜蜜

久违的炊烟和故乡
久别的母亲和山梁
除夕之夜我忽然心血来潮
站在孤岛的窗边
看满城烟火腾起蘑菇云
像时装秀在展示一件件羽衣霓裳
天很辽阔，脚下只有咫尺空间
心怀善意，眼前却是往日炎凉
回望远远的天际线
总想看见那长相思的炊烟
在母亲的山梁，挥一挥手吧
就让我今夜泪水涟涟

留住乡村

留住乡村！这一声迟来的挽留
终于从城市久憋的胸腔里蹦出来
穿过逼仄的楼道，穿过
茶楼酒肆遍布的迷宫
夜总会里萨克斯管狂吐的键音
小情人告别时密吻的喘气间隙
重复着一个节拍：留住！留住！

且留住，哪怕是暂且留步
这乡村的风毕竟有清纯的气息
与城里香水和烟草怪诞的混杂不同
乡村之风是由嫩绿的草叶煽起的
这些草叶在河之洲，露水为衣
随便采摘一片
都足以让城里的半老徐娘
披戴成水灵灵的雨后初荷

且留住孔乙己溜达的咸亨酒店
温一壶黄酒嚼一把茴香豆过把瘾

且留住川西的小青瓦和满壁蔑墙
梁思成和林徽因一定赞许有加
且留住哪怕有点粗犷的习俗
哪怕是为稻粱谋而蒙垢的家什
还请留住原生态的有机农事
芳草萋萋的溪涧中
有田园牧歌淌过，有燕子低飞衔枝

且把城市的防盗门一一打开
金丝绒窗帘换成透风的竹帘
让带露的茉莉花和栀子花
七月流火的石榴花
八月布金的山菊花
簇拥着自古而来的乡音乡情乡魂
吹起唢呐，踩起高跷大摇大摆进城来
摆一溜地摊或种植一片风景
清新一下城市沾满尘垢的肺叶
与乡村为伍，呼吸慢生活的新鲜空气

坐看《瓦尔登湖》

大自然那难以形容的纯洁与慈善——阳光、风雨、夏季、冬天，如此的健康，如此的欢乐，他们永远提供不息。

——（美）梭罗

坐于日暮时分的城市阳台
俯瞰下去，全是灯火在燃烧
星空被烘烤得黯然失色
燥热和躁动塞满了夜行的街道

垫一块夜幕我坐下来
翻开魔盒般的蓝本
碧澄澄的一湖清波
瞬间从字缝中一汪一汪地浸出来
薄凉的意蕴
如情人的手指羞涩地划过我的肌肤
那些种类繁多的野生动物
秋沙鸭、鱼鹰、水獭、潜鸟还有鱼
都在我的手掌上出没不定
这时极需要静心和耐心

守望时空，纤尘不染
我的坐椅恰似湖畔的一块石头
坐满苔藓，任那些微风细雨，小动物
不分轩轾，都来围绕，亲昵

我好想把这湖面扩展开去
阳台太小，盛不下这湖波的浩渺
摊开的湖水一直在漫溢
从阳台，从墙面，从街道一直流出去
这都是瓦尔登湖清澈的水波呀
纯天然的酿造，不需要广告粉饰
我多想让今夜的城市
和我一起共享地球之母的乳汁
看蓝鸟如何把夜空背在身上
听湖波响处，疑为天籁
我卜夜卜昼的城市啊
此时请躺下高傲的身躯
我们一起共枕瓦尔登湖的苇草
都有一个简约而纯美的梦境

《诗经》之经纬

两千多年前，一部《诗经》
是从织机上的纵丝中梳理出经络
与横丝的纬线交织成纵横
以长江、黄河一带为域
以燕山山脉为界
耿耿不寐，燕燕于飞
诵三百，弦三百，歌三百，舞三百
《风》若天籁之音，荡乎于流水
《雅》如王畿乐歌，酬唱于公卿列士
《颂》为祭祀舞曲，与神灵一脉相通

两千多年来，一部《诗经》
因独尊儒术的汉武帝奉为宝典
益发彰显于过往朝野
唐诗的沃野上不乏岛瘦郊寒
宋词的轩窗下可见芙蓉并蒂
元曲的风物中几多山市晴岚
民国的巷道里常有沙龙高朋
《诗经》之经纬

经年不朽交织出诗坛的肌理

两千多年了，这部《诗经》
苇编的书简已嬗变为网络的视窗
韶华篇章只是浩繁数据中一个光点
网上冲浪，大多被沉沙湮没
淘宝的空间里物欲横流
谁还会“参差荇菜，左右芼之”
鼠标都很任性，手若柔荑
很难找到两千多年的歌者归来
窈窕淑女，多半是环佩叮当

走过两千多年，悠悠我思
若想寻觅心怀善意的知音
且把《诗经》的经纬理顺
以真善美为导航的坐标
看哪一处扬之水，扬之水有缘
可执子之手，与君永恒

乡愁病

好些年了
故乡在落寞中一天天瘦下去
我在城里却日渐富态起来
让高楼升高了血压
让甜蜜黏糊了血糖
让饭局浓稠了血脂
让把脉的郎中直是摇头
久居城市九九归一
病在内体，心不固本

好多年了，好多年了
回不去的乡愁潜伏着，隐忍着
楼层太高，挡住了望乡的视线
水管很凉，冷却了井底的温情
月亮走我也走的中秋之夜
一个人踏进浓香型和酱香型的酒巷
醉倒在大红灯笼的圆梦中
还以为酣睡在乡野的三更

走不出的乡愁
断不了根的病因
究竟是乡愁让城市更愁
还是城市病让乡愁难愈
好多年了，就这样磨蹭下去
时好时坏，时有时无
好汉的铁棒，已磨成小女子的绣花针

黑与白

黑头发曾是我青春的名牌
油亮在阳光下扯不完的眼球
但耐不住一茬又一茬的霜冻
白头发频频怒发冲冠
一根又一根地攻城掠地

大街上的美发厅日渐兴隆
巴不得满城秀色都白发丛生
染缸里贮满了花哨的颜料
只为把城市染成梦幻世界
立冬的早晨我猛然咳嗽
瓦蓝的天空已是黑白交替
是雾霾作祟还是美发厅调色
偌大的城市，竟然一片迷茫
我赶紧照一照镜子
发现原来只是花白的鬓发
如今大雪已漫过头顶

城市暗黑了，我的头发却全白了

染发的伙计乐了，我却想哭了
本味的生活掺进太多的添加剂
黑白颠倒被喻为老少咸宜
我不愿再光顾那些矫情的美发厅
只想顺应自然顺势而为
只想这样以人性的本色慢慢谢顶
在最后交出来的灵魂白卷上
只让三根黑亮的头发竖起
——母亲给我取的真实姓名

阴阳间　消弭于水泽

清明时节，未见清明
只是雨纷纷，只是欲断魂
只见郊外的断肠路上
祭幛一片白，纸钱一路飞

墓地嵌于风水，石碑青冢
像连排的楼阁可拾阶而上
焚香炉飘出招魂的青烟
爆竹声响起伤逝的回音
断线的泪滴浸进断根的草径
荒草天涯，年年凄然于四月间
年年是阴阳间一道难以逾越的心坎

悲悯逝者，也怜悯生者
清明的祭奠最令人身心疲惫
我折身而返，溯流而上
寻思那一天如何为自己安魂
莲花朵朵的故乡河
始终是我魂牵梦绕的归宿地

在儿时戏水的弯流处
正好有一波沧浪之水
魂牵蒹葭苍苍，梦绕杨柳依依
我想哪一天就在这里悄然水葬
把肉身的灰烬连同灵魂的烟尘
一齐消弭于水泽，随风而逝
好方便若干年后后裔来此凭吊
随意掬几捧清冽的浪花挥洒
与世不争，似有我的余温犹存

与诗神重逢

徜徉于物质喧嚣的市井
巧遇诗神，纯属有点意外
我竟然趑趄不前，差点骨折
幸好诗神不在乎我的失态
搀扶起我的大半个世纪光阴
欲回到我们的从前

满大街都是玄幻小说的题材
情节都很夸张，情绪穿越而过
快餐店的桌子太挤无法落笔
想押上民歌的韵脚总是错位
诗神是从我当知青的山坳里来的
黄角兰仍吊在耳垂
还是当年山风里摇曳的情愫
懂不起城里的微信是超音速的
还以为要写一夜的情书
在绕山绕水的树林里咀嚼平仄

诗神永远年轻

我的抬头纹淤满了尘垢
早被超现实的逻辑挟持
死胡同里，灵感已长成枯草
三十年河东转到三十年河西
邂逅诗神，牵手清凉的诗意
顿觉这满大街都是汉诗的气场
诗意地栖居，我们又回到从前

梦回大唐

泱泱之国度，浮华之盛世
开明为政，丰腴为美
流传下来的不是金樽美酒
金缕玉衣，十里长安冠盖如云
却是逶迤的古栈道上诗人的脚印
如弯月，弯进千沟百壑的莽原大地
全唐的国度里，有全唐诗无数
散落成天上的星斑和地上的磷火
雪藏千年仍是光焰如初

诗卷如山脉层层叠叠蜿蜒而来
有一些句式显得很突兀
虚拟的意象足以引起天阙倾斜
而有一些架构则低到了尘埃
沦落在天涯的琵琶弦音里
不知魂断何处

诗仙诗圣诗鬼诗无邪
初唐中唐盛唐晚唐堂堂君子

是一杯花间的酒，只可独酌
是一位异乡的客，少了茱萸
斗酒诗篇如冷月穿不透浮云积淀
千秋功名似尘嚣抵不过身后寂寞
我惊厥于梦中忽感胸闷
醒来时，全无半点城府

困　惑

金属和水泥的撞击声
让城市的耳膜，蝉翼一样颤抖
过度的敏感在车流不息的路边
不知所措，进或退
噪音的暗箱孵化不出花期
早开几朵又恐是气候变暖
夜晚的打击乐用骨骼当鼓槌
让斑马线脆弱的神经接近崩溃

没有退路，也无路可逃
背后的建筑群摩肩接踵
城池里最后的一朵睡莲
已被霓虹灯抹成了桃腮的绯红
性格直爽的城市迎宾大道
最怕找不到座椅的蹒跚老人
以杖藜为标尺
裁量人心的向背

雾霾是蒙面大盗的黑袍

频频作案时巧妙的伪装
烟尘味，腥膻味，甚至血腥味
把巷陌里百年飘香的老字号招牌
灌制成霉变的香肠，无法烘干
挂在钟楼的时针和分针上
良心因锈蚀而颠倒黑白

谁人可解，这环环紧逼的围城
能否让季节不被深度加工
慢下来，饮一杯咖啡语境
读一本老版线装书
在快意翩翩的城际高铁上
重温古典

古驿道

图片上的古驿道背景幽深
手指触不到风烟的深邃
汉时的石板缝开着唐时的野菊
宋代的马镫嵌进明清的草鞋印
一瓣汗滴溅起两行泪水
濡湿了深闺里怨妇的歌谣
滋润着沿路的沟壑
长出一丛丛还魂草

马帮的铃声穿过坟茔
尸骨的脆响敲击岩隙
云气虎纹刻在脊背
番地的汗血马能饮涩口的蜀茶
古驿道刻满了稗官野史
血水汗水水滴石穿
石岗上风行的记忆已被镂空

我的心忍不住蠢动
脚底有幽凉的溪水滑过脚趾

那石阶上蔓延的青苔
爬满了阳台上凭望的栏杆
是一个人还是约一些同类
去寻古迹还是凭吊坚韧的孤魂
不觉图片上天色晦暗
古驿道从眼前越飘越远

风滑过夜的脊背

风贴在夜的脊背上
纤细的指尖触动黝黑的皮肤
哪一片绿叶柔曼在初恋的路上
居然没有引起老榆树的警觉
居然在夜的掌纹中
会滑过一些漏网之鱼

风很拘谨，低微的声响
与月下移动的猫影相仿
地心深处荡来呼吸的涟漪
花心萌动却被夜幕捂紧
但雪花迟早都会绽放
只等梅花一弄二弄三弄
红中见白时就会白里透红

我不会碰落一颗露珠惊醒睡莲
不会让袖口抚过竹叶代替沙漏
这一刻秃鹰的窠巢还悬在崖峭
风沙裹挟起招摇的片羽

夜未醒，皮肤开始皲裂
等风吹过去
一切皆有可能

在瑜伽里深呼吸

选一个时辰，随性而起
窗台的吊兰下，野外的秋水边
把自己想象成翕动的肺叶
吐纳着，飘忽着
感觉有一颗晨露滴在眉心
悠悠地滑下来，流过脸颊
注入心田，经脉一条条疏通

阳光如母爱的手指抚过
轻透过关节、韧带、骨缝
那些，过往岁月里
淤积的矫情、陋习、毒素
需要我此刻以舒展的吐纳
氧化为血脉徐行中的力度
像季节在河流中涨落
眠蛇需要蜕去老皮的束缚
蚕子要啄破茧壁的围困
我要修复千疮百孔的旧梦
从一吐一纳中漂浮身躯

行走在天际线上
踩一朵软云，掬一捧甘露
月宫里的桂树也触手可感
心与光阴一同呼吸

秋天即景

一片落叶孤单地飘坠
一点也不缤纷，一点也不浪漫
面容枯焦缺少些颜值
叶茎蜷曲尽显晚秋的败象
在无人知晓的角落
向晚的风稍一触碰
这片零落的残叶就碎成齑粉

幸好大地宽容地接纳
以柔情的目光牵动羸弱的脉络
如果是断片，就捆进柴薪
在秋夜的灶火中为丰年造势
如果是碎末，就溶进土壤
为秋海棠的花骨朵
酿造怒放的妍丽

大地啊，如果落叶是一滴泪
你还会叹息吗？
听她最后抽泣一次
诉说一生仅有的一次苍翠
苍翠欲滴

电视里的龙卷风

陀螺凌空飞旋
被风鞭笞得尖利嘶叫
扫过猫着腰的丛林
掳掠蛰伏在地下的眠蛇
旋转啊！肆虐啊！
空气被绞成高悬的绳索
套在高楼和树林的脖子上
连同妇孺嬉戏的空中花园
连根拔起

老镜头里蒙太奇的手法
很像在风刃上舔蜜
一瞬间便淌下霹雳的血腥
平素里温软的云
顷刻落草为寇
不放过餐桌上最后一杯残羹
宛如天地鸿蒙创世之初
子时不知卯时在何处狭路相逢

屏幕随风向不停地抖动
墙体似乎摇摇欲坠
杯中之水荡出窗外
溅起满地惊恐的尘嚣
忽然间，全城停电
电视机静下来不再喘息
我再审视自己刚才的坐姿
在沙发上揉皱了天蓝色的布艺

从拉萨回来的路上

从拉萨回来的路上
鹰翅被疾风拽得抖瑟
在云朵之上
雪花翻上来亲吻舷窗
我的发梢触碰到天空
忽有一束闪耀的水晶白色光束
从我的头上灌顶

天空和雪山顶的上师啊!
我此刻还在飞翔的路途
紊乱的气流让我晕眩
天地也在随涡流轮回
我是一匹被佛光照过的叶子
知道被加持的叶脉上
必有我归隐的路径

穿过廊道的风

这一幢大楼的廊道很长
两旁白壁无瑕，门锁紧闭深海
好像竹笛上排列的音孔
被薄膜憋住了深幽的发声
墙角不时有一些爬行的蛐蛐
竭力避免触须的翕动，在静谧中
引起细微的声响扰乱尘土

廊道的尽头天窗豁然洞开
风挽着阳光在光洁的地砖上旋舞
虽然廊道很窄，不能轻易折身
单行道上依然有盆景绽放
门上的罅隙会因为风的蛊惑
脚印浮动从风中飘忽过去

一匹鸟羽飘在空中

究竟是风的造次
还是飞鸟的粗心
总之有一匹轻飏的鸟羽
在半空中与云彩翔舞
鸟体早已飞得杳无踪迹
只有空气还在一味吹捧
昔日的鸟羽驮载过天空飞翔

这匹鸟羽的毛色被云霓浸染
已失去了母体遗传的胎记
激情从羽管里流失成真空
纠结的羽毛比衰草还蓬乱
天空依然蓝得发白
如铺开的一张试卷
任这匹鸟羽胡乱涂鸦
废掉了晚秋颁发的飞天文凭

风和镜子

镜子是天然的铁石心肠
把万端风情凝为静止
平面的、凹凸的、变形的冷酷
毫无一点温度和湿度
没有色彩也没有优柔的回忆

风历来很软
软得缺少直面而视的勇气
在僵硬的镜面里
一根头发只有一根头发的渺小
一道眼波只有一道眼波的瞬间
轻拭的风刃劈不开纸薄的荧光
差强的袒露都碰成碎片
风不懂得献媚和矫饰
因为光阴在风中犹如风在镜子中

人书俱老时最怕面对
衣襟上的纽扣系不住岁月的寒意
转身把镜面置于脑后

和风一起联袂而去
心中揣着天地的明镜
映出背后全是遗忘
照到前面皆为永恒

风中的蚂蚁

只因为有一只腐浊的蝇头
诱惑了龟缩在洞中的蚁群
蚁王披挂起黑色的战袍
率阵而出，一时金戈铁马席卷

黑压压的一片乌云覆盖地面
只为不足挂齿的蝇头小利
偏偏有一阵嫉妒的疾风
见不得弱肉强食的阵势
汹涌的蚁群如风中摆柳
方寸大乱，煮成一锅粥

风扬长而去时
厮杀过的战场上
只剩下一片狼藉后的寂静

致诗刊编辑部

也许只是一张轻飘飘的素纸
被日光月影渲染
由雨点泪花浸润
衍变为破茧之蝶的彩翼
像新年的挂历，飞上墙头
预言宿主命运，或许会一语成谶

城头变幻，千年的江山几多易帜
千年的诗笺仍在击鼓传花
无论是烽火连三月，还是多情笑我
蝇头小楷，在岁月的凹槽里
已成明日黄花，开不出曾经的豆蔻年华
连娘家都在门扉上挂出了 QQ 邮箱
鱼雁传书只怕要折断羽翎
远嫁的习俗女子
持一张草草的素笺，近乡情更怯
谁叫你如此昼伏夜行

娘家不嫌，再三抚慰

只要是嫡出门庭
只要有诗的内核
就不必在乎纸或者电子作为介质
形式如墙上的镜框
经不住透视，只适宜补壁
不必怕轻飚飚的诗笺飘来
就怕细细掂量时
感觉不到诗魂沉甸甸的分量

行吟的诗人

时光的边缘切口很深
黑洞隐匿于虚无的祥云
无影的磁暴旋风而至
隔数万光年也容易鬼魂附体
孤零的时候切勿剑走偏锋
切勿让睿智卷刃，灵感
成为凄然而逝的蜉蝣

城市和乡村肯定有一些间隙
可以仄着身子探究地壳的奥秘
城市的墙体一派光鲜
触感很是柔润
很容易忽视的平面直角
往往有藤蔓的缠绕
高楼如高脚酒杯高跷的舞步
有意无意，就踩痛了乡村的处女地
让饮马河畔的诗人沉醉时
总是懊恼为何语不惊人

尽可微闭眼帘，微蹙眉头吧
唐时的节律和今时的咏叹
只有风可以破译如何佳期如梦
路是一行永远也写不完的诗句
脚印如标点，轻踩出抑扬顿挫
踩出一串一串的省略号
或是奏折叠叠于汉官威仪的銮殿
或是梵音绕绕于绿茵深重的菩提

第二辑

尘埃里　花开向晚红

饮茶者

茶道从马帮的铃声中扬蹄而来
止于茅草翻飞的溪流之侧
以竹篱为屏风
以陶罐为壁橱，饮茶者
把酿于幽境中的茶经取出来
冲泡在一杯久远的回味中
清澈如镜中物，映出大自在

玉树临风时不知茶道需要铺垫
需要光阴来沁润，阅历来品鉴
坐在酒吧和坐于空谷不同
茶非嗟来之食岂能果腹
岂能让味蕾只图一时的快意
清凉是从杯底漫上来的素朴
恰到好处地铺到茶桌上
蓝花布织满不透风的心绪
稍一着墨，就成宣纸上的大写意

饮于氤氲的流年之中

茶色在风烟里一层层地荡漾
茶经从壶嘴里细流涓涓
在仙风缭绕中呢喃自语
茶汤慢慢地酽稠了
周遭的景致渐渐黯然了
这一杯冲泡于地老天荒的禅茶
即可随一弯溪流悠悠而尽

漂泊者

所谓漂泊，就是把命运诗意地裁剪
一截一截地熨帖
一片一片地抛进时光深处
状如落叶流星微尘都不重要
有风有雨有慈悲心相伴就行

漂泊的影子穿着老旧的长袍马褂
踯躅于门扉虚掩的街头巷尾
以仓颉的手书昭示天下众生
凭东坡的真迹寻访夜半柴门
心迹在屐痕中随处显露
借以狂草的笔锋触动江湖
纵情时就舞之蹈之一泻千里
忧悒时即在泊岸的莲蓬下婉转低吟
一路的气场让晨昏黑白颠倒
纵是曲高和寡，但也无人掩耳
隐形与漂泊从来就是孪生兄弟
一个属于不羁的性灵

一个源于天然的禀赋
漂泊者的灵魂永无定日
星垂平野时，江波上可见渔火点点

写作者

瘦弱的脉管里流淌着焦灼的血液
一脸的苍凉透出满纸寒意
放肆于跌宕的文字深渊中
几起几落，夙夜不寐的笔耕
何处是今宵的谷底

拙于伶牙俐齿的辞令
拘泥于茅屋秋风的困境
洞悉世事却穿不透吊诡的洞穴
内心孤独，始终未解开一字之谜
坐于高处又低于尘埃
心思绵密盖不住梦中的呓语
最怕灵感骤起流不出磨秃的笔尖
隔山空响，风雪不见夜归人

组合残缺的字码难于女娲补天
缝合人心的碎片自己先针针见血
燃起这片灶火恐挡了那柱火光
催开这朵野花又怕掩饰了那簇草根

进退如此，心有一头猛虎
依然要暗嗅夜里的蔷薇
这是宿命也是个性的张力
坐在百年孤独里
不后悔坐成湮没的一段乌木

求偶者

凤求凰，其鸣曰足足
凰求凤，其哀曰即即
一树繁花又惊落了几朵
一首情诗又疏漏了几句
求雨打芭蕉或是浪遏飞舟
求心有所归
七夕的岸边不要望穿秋水

好多时辰听草叶响动
疑为有款款裙裾曳地而来
寻一节典雅的绸缎
乍一摸到却有尘封的微凉
报栏的窗口有一段真情告白
电脑的笔画虽然工整
却少了宣纸上楷书的质感

求一朵早开的玫瑰太过艳俗
求一棵特立的胡杨又恐黄沙漫卷
求一滴晨露，经不住日头的暴晒

求一场邂逅，梦想总是与现实作对
求伊甸园里多一些可口的禁果
宽恕这些阴差阳错的亚当和夏娃

求够了苍天和大地
莫若静下心来
问一问自己，随性还是随缘

隐居者

扇动的雁翼隐去了
大片大片的天空还摆在那儿
香草因为弥漫的雾岚消失了
巍巍然的一座山峰还耸立在那儿
墨香在穿堂的疾风里挥发了
挂于中堂的那幅篆体还静笃在那儿

那儿是何处呢？
一个人或两个人的山河岁月
无金石裂帛的惊天动地
亦无妖姬思凡的浓情莞尔
云和梦都是野生的
草莽起伏告知风就在隔壁
桃之夭夭有粉有白有红有紫
有仙风道骨坐在青石板上
把思绪纷飞的蒲草
连同内心意念盘缠得坚韧如丝

日子与山中涧水一样淡泊
就算月落下来，也隐于门前的树影
一切静好，隐约心喜

说梦者

夜幕拉下了天空的被角
月亮在床前亮一盏孤灯
凋谢的梨花带有雨后的苦涩
灶房里，还没有端出煮熟的黄粱

思想的芦苇终有倒伏的时候
信念的骨头再硬
也硬不过一袭罗帐
嚅嗫的双唇夜不闭户
洞开心事，呕吐酒后的呓语
像久别故土的游子，在他乡
不知道眼泪流往哪个方向

吐露的泡影被月色漂白
所有的秘语都经不住深闺的迷惑
思无邪，梦也无忌
只要没有醒来，天地便无人主宰

面壁者

为什么有墙横在朝圣的路上
迫使眼光驻足下来作壁上观
一匹又一匹没有表情的青砖
深嵌着虚虚实实的来龙去脉
为什么单调的灰色涂满了墙面
而花香却不能糅合进墙体呢？
假以时日，墙体裂出缝隙
这莲子的气息就镶满了光影
舌尖上也会触到素斋的清味
无声的祈愿在空茫中升腾
睁眼凝视，墙上花开有几时

面壁的修为渐入佳境时
不知鸟在头上筑巢草叶已生根
光阴的绝处虽是绝壁千仞
心动幡动唯有一缕柔风
仁心飞逝，衣钵代代相传
壁如纸薄，怎管那尘埃来与不来

孤独者

清癯的花瓣从花丛中剥落
瘸着腿被风裹挟远去
卷曲的视线无法丈量距离
蜗行的步子抚不动路边草芥
天地之大，谁看到独行的影子
把低垂的云团穿成一袭长袍

躲进雨中的草庐刚一歇脚
外面的雨声就一窝蜂灌进来
叹息落在地上 片片潮湿
翻一页书简却看到杂草丛生
书柜上吊一把半开的铜锁
好像密藏了一些商周的陶罐

滂沱大雨依然在狂下
倔强的老泪不会去掺和
房前有一棵虬曲的柳树
在屋檐下支撑方寸天地

宁愿就这样枯坐在冷风景中
不舍昼夜相伴在一起
抖索成顾影自怜的老树干花

失眠者

失眠的视窗被僵硬的眼睫毛撑开
犹如牢狱的铁栏切割夜空
流浪的星座是不速之客
把孤枕抱成冰冷的石头
压得心跳找不到平衡

床很小、很窄，躯体太过臃肿
“嘎吱”声在深夜一惊一乍
地球也跟着不停地仄身
经线和纬线乱缠在变形的颈椎
头颅开始缺氧
脑神经却莫名的亢奋
放不下的挂碍找不到适宜的容器
这负重的残舟啊，怕漂不回梦寐的故乡

月色慢慢铺一张素纸
在等充血的眼眸留一方篆印
墙穴的白蚂蚁倾巢而出

在失眠的骨骼里掏空所有的记忆
床逐渐陷落下去
再也流不出纯粹的血液

裸睡者

对于喜欢裸睡的男男女女
白昼的面具形如皇帝的新衣
日光本来就很稀薄
脂粉依然要涂得很厚
恰如美人鱼潜入深流
要用水草缠一片遮羞布
挡住异类的鱼鼓眼偷窥

唯有黑夜
黑成一坛浓墨倾进锅底
林中的松子裂口含香
晚归的野兔找不到洞穴
天空和大地不分伯仲
夜行鸟和豹子挨着打盹

城里有些灯火习惯了不眠
把光芒别成胸花或贵为头衔
裸睡者则把夜色
披作温柔之衾

累赘的心思一件件脱下来
交给门外游荡的星星皮藏
只把赤裸的心和赤裸的梦
紧紧抱在自己的怀里

征　兆

天空在七夕之夜怀孕
来年惊蛰一惊
胎动就频频发生
一团云拱起如一只脚翘起
一阵雨飘洒如羊水泛起
闪电的手术刀剖开夜幕
天际线的眉毛皱了又皱
鸟儿依然任性地飞
对腆肚的天空不屑一顾
鸟儿好像没有预感
难产的征兆已如此明显

洪水在暴雨的怂恿下撒野
蛮横的肌肉从河床上鼓凸
浪小子挑逗着风的裙裾
旋涡诱惑漂木玩陷阱游戏
泊岸的船赶紧扯下雨篷
遮住白帆外露的裸身
可是鱼儿仍在戏水

鱼儿好像什么都不在乎

我心上的肿块无端鼓起
貌似胸肌炫耀力与美
核磁共振的波段设网捕捉
肿瘤君不再隐姓埋名
医师和家人始终温婉如初
善意的良谋渗透进药液
我还在傻乐，心淡如菊
还在想早点回家
把晒蔫的盆景浇出诗意

为灵魂选择

这些年，吃货霸市
餐馆旁的树木也肥得流油
车辆爆胎，堵塞了街道的血管
酒杯呕吐的醉话
捧红了门楣上的花绿招牌
健身房忽如雨后蘑菇
为臃肿的餐馆
熬出量身的减肥汤药
夜市扭曲的骨关节
正好在镏金的铁砧上锻打

我怕裹挟进餐馆的蒸笼
衣带已宽蒸不出多少油水
更不敢贸然闯进健身房
外露的一根根锁骨和肋骨
经不住杠铃的碾压
我只想寻找灵魂的按摩师
让忏悔的泪从脂肪里流出
在插满古诗行的竹篱边

种植一些无名的蕨类浅草
听着瑜伽的流水声
把老去的岁月抚摸数遍

互联网加……

——再给年子

如今，互联网青葱的手指
已把古老而年轻的岁月
编织成诗人北岛说过的
——网

早晨，一推开沾满梦露的窗户
呼吸里就有鼠标的味道
镀金的车辙扭曲了晨曦
像一道道用脑过度的皱纹
爬满了智慧城市的额头
天上地下都非常拥挤了
连盲道都会通向网络的终端
乡下人想给城里人织一件毛衣
可是绣花针穿不过虚拟的缝隙
乡下的老母怎么明了
针线和网线对不上接口

我仅知道这就是

很多人醉心的网络生活
格化和物化的碎片
切割了天窗落下的云彩
我的手指长满了岁月的老茧
粗粝如故乡河的卵石
我的网是祖先传下的家谱
只适宜捕捞一些古典的鱼
水灵灵的质感
可从指缝间簌簌地滑落

对种子的钟情

钟情于一粒种子
更甚于钟情广袤的土地

繁体的“種”字是“禾”加“重”
合二为一铸就出一言九鼎
种子静默的时候
是在禅房里闭关的时候
种子深埋的时候
花蕊就在禾尖上复活了

因此种子大生喜欢埋没
执着地相思春泥
渺小而饱硕的种子
心头藏匿着破壳的希冀
千层雪万层泥的挤压
还是要向死而生
地上地下的生死轮回
种子的魂灵始终没有消止

抒情的嬗变

抒情的方式因人因时而异
激情、顿悟抑或魔咒
文房三宝酝酿了多少情愫
有时每个字都讲究月下推敲
推来敲去把字体折腾散架
再加上浓墨一遍遍浸染
还不惊人，还要斗酒佳肴
直到月落乌啼
直到泪湿阑干

直到抒情的单骑
遭遇遍地网络的伏击
一键敲击让端砚裂缝
纸上的谋篇，被鼠标篡改
重复键敲得山重水复
长于咏叹的汉赋很快逊色
远古今生的意象粘来贴去
七步之诗七秒敲定
抒情的流水线终端

批量的情感交给微信派送

这样也好，这样更好
落笔与落键，都昭示命运的密码
屏幕上忽闪的视窗
莫不是一堵人造的冰层
只等你我敲动快捷键
冰面上就冒起无数暖心的泉眼

河心岛

咆哮的河流家族
浪头的倾扎在河湾处止息
不知是哪一股浪头的即兴之作
哪一朵浪花的率性而为
留下一个遗腹子
交给洄水中的浪沫滋养

二月芳草离离
八月鸟语啾啾
河心处的小不点
左一把弯月刈草
右一堆沙土垒巢
渐渐长大的毛孩子
知道了自己被遗弃的身世

小时候我放过蝴蝶风筝
到河心岛上采蜜
我有意掐断了风筝线

留下蝴蝶站在树梢
看看哪天有浪子回头
好把它带到久违的家里

地心的疼

路过城中村的晌午
打桩机还在饿着肚子加班
一根根的管桩
像冰冻饮料杯里的吸管
任由怪兽状的巨臂
连番抡起拳头按下去
从地心深处
泛起了咕噜咕噜的血泡

想问一声——
“我的大地母亲，疼吗?”
忽感到这个比喻
太过古老而缺乏新意
土地和母亲都太过衰老
重金属的骨质，淤塞的血脉
在干瘪的母腹下
毁损了殷实、歌谣的原始仓廪
庞杂的生命谱系
本从蓝绿的藻类、三叶虫

或者裸蕨类开始延伸
而今，却止于欲望、贪婪
白天和黑夜逝者如斯
围栏架起锋利的铡刀
切断了天地连体的根和筋

太阳将要下三竿了
没有人来提醒一下打桩机
“累了吗？饿了么?”
你不知道自己疼自己
可是母亲柔软的心
还在疼你呢

茶　楼

闲逸的茶楼任由光阴来消遣
任由风夺窗而出或是摔门而去
虚拟的轮盘上气场紊乱
诱惑一些茶客把赌注下得很大
豪赌一滴雨何时跌进茶盅
一朵浮云又经得起几轮冲泡
正如一杯茶，沸水里有几多浓淡

有一道窗棂始终透着日色
过往的日色，像被冷落的旧时伶人
站在窗外，吊着嗓子唱老腔老调
胡琴扬琴响起，透露曾经的美丽与苍凉
盖碗茶盖着凡人琐事
茶汤很酽，有《茶经》的韵味穿肠而过

茶楼如磨盘随日月转动
相约和失约是流行的口头禅
茶色卸了脸谱，茶具依然端庄
茶凉茶热，肯定你知我知

银杏树下有一片银发闪闪

秋天里的城市广场
一排又一排身姿妙曼的银杏树
甩动起被秋风染黄的卷发
采采卷耳，风铃一样响过来

很高挑的银杏树，让你驻足
让你只觉得天地是一片玄黄
我看见一片闪闪的银发
如深秋里早来的初冬
把飘飘零零的雪花
挥洒成深层次的城市风景

银发闪闪与风共舞
胜过了金黄色叶片的玲珑和招摇
雪花的静美和银发的柔顺
让迷狂的岁月不会过度失重
远远地望过去
秋意萧瑟挡不住雪舞风情
我即兴长出来的银发沾满雪花
在那玄黄之间飘飘落地

老去的感觉

坐在无语的黄昏，
感觉我和时间渐渐老去
不知道风在怎样吹，横着还是竖着
不知道风刃会割破哪一根毛细血管
皮肤皲裂了记忆会否感到疼痛
旁边有棵老橡树树皮斑驳
连倦鸟飞过都不愿意落脚
只有一层霜一样的朦胧
在静寂中让叹息落地有声

渐渐地脚步被风绊住了
生命线已拉不住岁月的风筝
落叶压住脚印从不会道歉
如雨水在老年斑上填满凹痕
一想到这些风来雨去的过往
残冬里，怎移动雪花漫舞的小碎步

又感觉水势渐起
皱纹的刻度线在一寸一寸地上涨

年久失修的牙床关不住心头的波澜
这一道坎，已是绕不过的往世今生
无论怎样就这样随风而逝
老去的究竟是风，还是我的影子

褪色的黑白胶片

一卷疏松的黑白胶片
蛇一样蜷缩在记忆的仓库里
静静地冬眠，害怕突然曝光
害怕强健的骨骼显影成虚无
那里面或许贮存着一世情缘
是雨过天晴的一抹翠绿
还是雏燕单飞的一片悠远
是不想重新咀嚼的青涩
还是余音绕梁绕起不散的炊烟
岁月的流沙，掩埋了悲欢离合
如一段乌木，密藏于心底的深渊

黑白胶片，早已是被淘汰的旧货
被数码相机拒绝在焦距之外
尽可沉淀，无须启封
经年的背景都是不朽的记忆
是黑是白，亦真亦假
一生的浓缩都留在时光深处

冬日私语

这一地的冷，譬如一地
鸡毛，掸过霜结的玻璃
风的刀子剐掉老榕树的脸皮
枯叶扫着沙子飞扬起来
如影相逐，窃窃私语

远方，雪花飘舞裙裾
譬如慵懒，矫情的初婚女子
脚下，在一抔泥淖里
是谁昨夜丢弃的信物
已被冻成僵硬的土坷

我匆匆走过这片冷风景
想着春来时，在榕树下的草叶间
可有我心灵的回音

剩下的光阴

剩下的光阴已无法裁剪
精美的完整已被往日蹉跎
就剩下这些边角余料如何拾掇
绸缎太细腻，毛料太厚重
布匹的皱褶里积满尘垢
翻来覆去实在是无从下手
光阴已残损，像要入殓的寿衣

雁阵还在远飞，只留下窠臼
蔸着风和枯枝惺惺相惜
顽劣的河流还在任意扭曲土地
把一摊又一摊的浮泥
淤积在越来越矮的浅岸
命如苇草，落絮噎得风一阵阵呜咽

剩下的光阴做不出预算
缺少下注的筹码，如股市崩盘
菜鸟坠下来收一根恐怖的长阴

想到咫尺之外都遥不可及
最好禅定，听光阴在屋外尘嚣
滴水为界，谁知终点

高与低

登临只有鹰隼驻足的绝顶
感叹人迹这般稀罕
半山腰上长着
一朵一朵蘑菇云
云上躺着风
风里响着洞穴传来的号啕
凋零的落叶碰在脑门
我忽然有了恐高的晕眩
我知晓这居高临下不属于我
云雾啊风霜啊鸟飞绝啊
峭壁啊流沙啊高处勿久留啊

我早该俯瞰低谷，把视线
射到小不点的远方
那里只长着矮矮的浅丘
风吹动雁翎惊不醒沉梦
登高而望，莫若赤脚徐行
踩在故土稔熟的时光里
一步一回头啊

低到尘埃中，直到
儿时的泪花
从脚下一朵朵悄然绽开

第三辑

生死帖 悲欣纸上薄

在挂号室的窗口

受隐疾的驱使
徇着十字星的方向
在挂号室的窗口
窥探疼痛的奥秘

窗口里册页密封
烦琐的科目尽可挑选
求好不求歹，占吉不占凶
挂号单本来清白，就怕厄运染指
挂一次号形同抽一次签
咳一声嗽类似报一声到
生死无常的偈语
在窗口由陌生人潦草地书写

透过这阴阳难辨的窗口
是诺亚方舟升起了风帆
还是阿鼻地狱豁然洞开
冥冥之中无法预测时

只好对着天空划一个“十”字
——相信这扇窗子关了
那道门还会打开

红与白

无所不在的白色，
像娇嫩的肌肤
紧绷在庞然之躯上
无论焦灼的目光伸来枯手
或是暴烈的情绪掀动怒发
只要一碰上这雪一样高贵的白
反而显得自己苍白无力

红色是医者的大忌
谈红色变，只因红字带有血腥
但十字星在白色的沉默中
像映日荷花立于碧波之上
被残损的手掌捧在心中
煽动一大片红色的崇拜

那就是星，人类之心
像神一样庇佑普世凡胎
又像观世音菩萨
悲悯着苦难的天下众生

那双温软的手

那双温软的手搁在冰凉的桌上
以青葱的指尖，触摸
我手腕失血的弹性
我的脉跳本已微弱
弱于经不起风动的浮萍
我怕她草草的一瞥
轻易地露出对弱者的不屑

想从前，我的脉跳也曾强健
强过钢琴上高八度音阶的极限
在人声鼎沸的露天广场
无须扩音话筒
我的天籁之音
从人为的屏障穿透而过
让躁动的时空感受到清音潺湲

……当衰弱没有预约地到来
飞鸟已尽，手臂如弯弓
射不出穿越的强弩

那双温软的门诊之手
被消毒液洗去了温度
专注于审察岁月过往的结痂
叩问我的灵与肉之间
——今日还有？明天可无？

病床上躺着听诊器

这张有些许锈迹的病床
脱落的漆片划伤了空气的皮肤
无数次大震小震都没有散架
可是一副蜷缩的听诊器
却让坚实的床架难以支撑

这是医师巡回过无数次的床号
无数次他用生命起搏器
为濒临绝境的患者启动希冀
泪水浸过的床单
被他温情的目光晾干
吊瓶中的点滴
让噩梦在早晨绽放花蕊
他的听诊器，穿透地狱的苦寂
传导出人之初的喜极而泣

他倒在自己看护的病床上
骨架因超负荷运转而坍塌
只留下一副听诊器

空响着哀婉的呜咽——
远逝的仁者之心啊
在这洁白的回音壁上
还在叮咚、叮咚……

黄角兰吊在输液架上

在盛夏，每天太阳都极度亢奋
把过分的热情到处馈赠
病房里，病恹恹的输液架
被超剂量的光线灼伤
吊瓶里的一滴滴化雪
难以降低血管里飙升的烦躁

受哪位天使的派遣
一串清香的黄角兰
像早晨破窗而入的白兰鸽
羽翼扇动出袅袅婷婷的馨香
栖息在十字架的枝丫上
随点点滴滴的瓶中甘露
流进龟裂的一方方心田

这时的病房不再是烘箱
垂老的、瘫软的、绝望的枯叶
舒展出新芽破土的笑纹

更有一位穿白大褂的天使
飘飘欲仙，留一瓣心香
抚过人世如此的炎凉

被透视的隐秘

如魔方转动的黑匣子
特别适宜于暗箱操作
仅凭一把十字形的钥匙
轻易打开我一向密闭的心锁

漆黑的人造帷幕下
只有我一个人在唱独角戏
肺腑里插过涂了毒汁的断箭
一呼一吸吐出积久的寒气
大师的慧眼灵感频闪，
一张又一张的素描
由他的神来之笔直奔主题

是黑是白全都是天意注定
是好是歹关乎生死缘分
我只想冒昧问询大师
透过我六十年的心跳
可曾发现光阴在我的胸腔里
——淤塞的血栓起于哪处低洼？
钙化的瘢痕藏着哪段旧情？

化验单上的诗意

任由冰冷的镊子挑剔的标本
是我体内放逐的异类
刺鼻的药水稀释了情感
矜持的胞衣被玉手轻褪
在显微镜的窥视下
我感觉到婴儿赤裸的难堪

我奔腾的血液就这样凝滞
手脚被捆绑在刀俎之下
我不怕涂上带药味的标签
只怕曾经的多情被深度误解
病菌变异后无孔不入
谁敢打赌每一滴血永远纯贞
这人世间有太多的流行病
连鼾声也出现交叉感染

那张生死契约从窗口飘出
箭头忽上忽下
状如亡命而逃的惊鹿

一滴血就能解析我的梦魇?
一堆情感又到哪里去称重?
既然预卜的数字布满玄机
不如以哲人和诗人的气质
把那些血浸的圈点幻化为意象
朗朗地诵读出来
然后从今天开始
干脆到深山里饮酒赋诗

一步之遥

医院是人世的微缩景观
一颦一笑，一悲一喜
从这栋楼到那栋楼
从这张床到那张床
从生到死，从死到生
一步之遥且是比邻而居

风吹得到处白絮飘飘
都是撩人的青丝绾起的柔情
目光的温度计
测量出生死之谜的玄奥
产房里冲天而起的一声啼哭
抵消了太平间透出的寒栗
错落有致的石阶上
悲剧或喜剧由此抵达台面

哦，爱恨的一瞬
命运的分界线
循环往复的轮回中

医者永远怀有僧侣之心
举步轻若莲花
让每天这一步的光景
都如日月一样圆满

带病的观想

带病徐行在花草相间的甬道
蝴蝶和鸟语相安无事
岂知有多少潜伏的病菌
和阴郁的肿瘤君，一笑而过
空气与空气互问消毒与否
病毒与病毒暗中一决雌雄
十字路口的指示牌
举够了酸痛的手臂
却没有谁停下来为它揉捏

流水线和生命线彼此交织
红灯和蓝灯比划各自的手语
手术室里闪过刀光白影
温柔一刀，切去了生命的负债
外面，药房早把甲乙丙丁的处方
贴在一卷卷带血的纱布

条条甬道都不会很宽
只有轮椅或手术车的仄幅

但在医院的出口
是绕着四季花坛的大转盘
可以转到天之涯
也说不定重回老路

山崖下，开着两朵并蒂莲

山崖切割出锐角
夜路上奔驰着色盲
小夜曲跑调成打击乐的暴烈
伴他们走四方的蜜月房车
一瞬间，坠入野狼哀嚎的深壑

绝望的夜色掩不住血腥
挣扎的爱神气若游丝
他们的绕指柔绕不出绝境
凄厉的山风窒息了气数
等黎明赶来的时候
只看见两朵并蒂莲
开成缠绵的睡姿

今夜，独醉掌上琉璃

今夜是雪落无痕的夜
今夜踏雪的步履浮动黄昏
我把风袍披挂在门扉
独步中庭拒是非于域外
只要咫尺光阴
端视友人赠我的琉璃
透明的质感凌寒料峭
霎时周遭即为清凉世间
掌心上初荷卓立
花蕊轻吐，似婴儿人世初啼
法术、丹石、灵气、心窍
神秘的感应，都在冶炼的亘远
这千年的积蕴
一夜浓情穿透掌纹

今夜，就是雪压下来不留片瓦
我还是独守琉璃
心如琉璃色
碎了，也碎成一体

记忆之锚

岁月之河浮于波浪之上
记忆之锚却不知深浅
卵石的磨砺让锚尖迟钝
流沙的拂动让锚身绵软
水草在锚链缠满思绪
厘不清到底是沙沉于水
还是水浮于沙
秤砣一样的老锚
秤不出浪花的斤两

锚毕竟是冷血动物
常常在静水中潜隐
即便遇上妖娆的水姬
也不会失一点方寸
还有江洋大盗搅动起漩涡
总想让锚身在风涛中迷失

锚与岸一定互有默契
风中之物值不得去围猎

是波是浪，是江是河
都是覆水难收，稍纵即逝
江山浮华也许是泡沫在作祟
拥有定力才一生沉稳
最好把激荡的时刻凿深凿透
等待命运之舵来重启

过往的影子

从一朵云到另一朵云
从一块化石到另一块化石
可见到一丝的雷同之处
这一片影子刚好覆盖另一片影子

可否同时踏进同一条河流
在同一片树叶上
发现风谱写过同样的曲谱
同一立方米的空气中
有无一样多的负氧离子
在大地阔达的肺叶里
产生一样频率的呼吸

我已闻到你今晨的齿香
暗含着昨夜的体味
过往的影子说来就来
说走就走，我不会打探底细

感伤的瞬间

离谱的老歌躺在丝帛紧裹的
琴匣里，犹如女子怀中的玉石
不愿意轻易示人
只因为青梅竹马的念想
那暗暗的嗓音耐不住寂寞
抖落了经年的风尘，穿越而来

泪珠被眼睫毛串成冰棍
滚动在高低不平的音阶
老腔调隐约是天籁之初
往日的年华豆蔻已成昨夜黄花
嗳，人心如此柔软
多少年了，回眸一望
感伤的瞬间由不得你我

生日之渡

过生日过来过去已过得雷同
堆砌的、重复的辞藻
在玻璃杯盏中全被酒精勾兑
烛光里的幻觉，一吹就灭
筷子一动，戳破一桌的泡影
一渡再渡三渡，渡到何时？
生日之渡已似逆水行舟

生日的坎每年都横在岁月的河里
浪头越来越高，船体却越来越朽
风顺一时花开一夜
光阴的裂缝处能否看到深渊
昨夜的舟楫已搁在舱底
生日一渡再没有回程
唯有玄月还荡在半空
不若乘风而上
这一夜便心静如水

空耗的光阴

这是哪位预订的坐席？
这是哪桌没有靠背的椅子？
这是谁泡的浓茶？
在等哪杯没有端来的纯水？

若是光阴如纸张张薄
清纯的水就冲不净蒙垢的茶杯
没有预约就等空穴来风
雅座再雅也形同虚设
墙面上只标示奇数和偶数
看来看去都像数字在游戏

一杯茶喝白了只剩下茶垢
一杯水流失了空气中散着清凉
也许相忘于江湖
只让茶色在心底沉淀
无论茶在水还是水在茶
都可韵味悠远

身体与思想

刚过甲子年
我便对自己的身体心生厌恶
这件发霉的皮囊
到处是虫蛀的瘢痕
饕餮的人嘴如老虎机的投币口
已耗尽我大半生的积蓄
又因为分配不均
让五脏六腑每每内耗不止

我益发关注自己思想的细胞
对周彝商鼎的概念
感觉如庙堂的青烟一样虚无
只想做一枝风中的芦苇
躲进终南山里独居几夜
把枯燥的思索烹调成时令小鲜
与素斋的色香味一般随缘
对我委顿的躯体
每日施以雏鸟反哺的情义

我似有顿悟
赶紧以诗示意
趁自己还没有病入膏肓
仰仗几千年来诗与思的精髓
为脊柱做一次再生的移植

若干年前与若干年后

若干年前我站立的这个地方
玄武岩上爬满海藻和腥草
鲸鱼的脊背上长出贝壳
贝壳里衔着稀世的夜明珠
似曾来过的美人鱼
在这里邂逅懂得温情的海豚
它们把海床里的珊瑚
作为海誓的见证

若干年后我站过的这个地方
也许开着紫荆花或是流淌岩浆
是无底的天坑还是耸立的山巅
过往的云彩写了多少页天书
我的这一串品牌的鞋印
外星人可能视为远古的标本
还有若干后的若干年
那些我吻过的刘海或是酒窝
会否变为金刚不败之身
或是落草为寇，浪得一些虚名

气象预报

——给妞妞

每天，准时
普天下的众人都成了傻孩子
围着电视机里的气象妈妈
听她讲天气的童话故事

童话起于丹麦还是英国
天气源于天空还是大地
这些纠结都不重要
只有妈妈的声音才最真实
如果是艳阳天
妈妈的口红就涂得像樱桃
如果有风雨来袭
妈妈的头发就飘动如巴茅草

妈妈有时讲着讲着会犯困
早上承诺好的事
下午就不兑现
但是没办法责怪她

只能自己暗暗地揣摸——
是穿双新鞋呢还是拿把旧伞
是待在家里陪一本书孤独呢
还是跑到郊外
跟一群野鸭子放肆

三问我今生今世的圣母（组诗）

一问

隐忍了这么多年，心底的沟壑
任涓流在岁月中拐弯抹角
母亲丰腴的脸庞渐渐枯瘦
老人斑像残星拱出夜幕
这么多年的难堪，如何承受
如幽闭的婴儿巴望着临盆
母亲：在那个晦暗的黎明
我到底是顺着还是倒着出来？

我曾经一直以为自己是顺产
因为我的腿上没有拉扯的痕迹
丝丝头发光亮水滑
可以让岁月之鱼穿梭其间
鼻梁中间的凹点算小小的缺憾
也许符合星象测定的坐标
在凹凸不平的路上

我脚印的朝向与顺风相悖

直到行将老去
白发开始漂白我最后的历程
帷幕重启全是悲剧的置景
碑阕无字让一声惊雷横断
结局最终坐实
我肯定是光阴的逆子

这时辰，母亲在故土以泪洗面
无声的夜幕遮住了月亮，
如天空之手在护卫腹中之子

二问

母亲，我是你血脉的延续
你的基因一定是排列有序的图谱
始祖结绳记事衍生的算盘
老榆木的架构框住了你的一生

母亲：我看过 N 次你汗渍的手指
把粗粝的算盘珠子磨亮成玉镯
逻辑思维的定律刻出额际的皱纹
与日出日落的经纬每天对应
你为别人算得出几步绕开坎坷
却算不准自己的创痛该多缝几针
一摞一摞的账本，堆积如山

僵硬的阿拉伯数字
被你搓成束缚自己手脚的软绳

我很诧异自己长于抒情
一生都匮乏精明的算计
可以等日全食而怅望一夜星空
却不肯为彩票的密码占卜一时
数得清牛郎织女的泪珠谁多谁少
算不出噩梦与现实孰近孰远
疑惑多年的难题想问问母亲
我的基因密码与你如此错位
是天意，还是无形之手在操控？

三问

母亲，你的掌心已经微凉
差强的笑容掩不住苍郁的黄昏
我搀扶你走在去天国的路上
不知你中意哪处瑞吉的风水？

母亲，假如你实在走不动了
从我的臂弯上疲软地滑落下来
我只想赶紧问出你最后的遗言
——水葬？土葬？抑或火葬？
哪一种是你祈望的归宿

估计这一刻，母亲依然沉默

沉默只因为母子心有灵犀
我早知旧居门前有棵柳树
和母亲佝偻的身躯一样谦恭
根系卑微地吸附着厚土
正好抚慰恋旧恋情的乡魂

无须多问，柳树的荫翳已幡动心头
走了今生的悲欣还有苦乐的来世
哪一天我如果累了歇了
也会意念到母亲安然于菩提树下
骨粒从虬曲的根系长出新芽
母亲还是母亲，儿子依然是儿子

不知何故

不知何故，我一看见开春的土地
就会看见深埋在地下的种子
种子膨胀如饱硕的思想
还在智者的头颅里深藏未露
风来雨往似农人期待的脚步
又惊又喜又怕惊扰新芽破土
何时看到第一张春雨颁发的准生证
让种子与土地签下一生的契约

不知何故，我一想起麦秸盖顶的茅屋
就会想起我离家时泪流满面的老母
农事的节气凝结成她指上的老茧
粗糙地摩挲着土地的阴阳交割
我没有耐心听完布谷鸟的初啼
就率性地夺门而出
雨帘中的蓑衣，成了长不大的稻草人

不知何故，我一回想生活
就会回味深山禅意里的无影之风

老道的巉岩始终蹙着眉头
静寂如常，对风霜雨雪见惯不惊
田土每天都虚怀以待
贮满谷粒与贮满慈悲一样如意
节气和节点盘旋成隐约的石阶
让顿首的子民步步踏石留印

不知何故，我一悟透了这些
就会仰望一下天空
听一听飞逝而过的鸟语

躺在土地上的滋味

我常感惶恐，每天立于土地上
只凭脚掌来感应地心的引力
而且行色匆匆，缺少相依为命的虔诚

我好想在哪里躺下来，不是疲惫
而是心跳得太猛
土坷里蓄满了自然的馈赠
轻微的仄身就让种子惊喜不已
地底下的暗河爱意叮咚
一片远古的草丛像浣女的眼睫毛泛动
银镰收割的月光铺满我的情怀
躺过的地方留下泪和吻的印痕

风可以让我咀嚼出草叶的清新吗？
土壤里可以搅拌出一杯现磨咖啡吗？
早被狩猎者踩过的土地这般憨厚
深藏秘事，惯于隐忍，
她懂得我躺下来不仅是卸下躯壳

更为一颗心沁润在深远的跫音
于草莽之间，月影之侧
细听心头，好一阵白水秋风

与花在一起

想着诗和远方的时候
隐身在花丛中
不在乎别人视我为花痴

花簇的根系在泥土里盘缠
凭触觉认知同类还是异类
缤纷的花瓣敏感而细腻
随阳光张合，表情羞涩或是雅致
盛情的蜜蜂生怕错过花期
花事频繁引得花枝乱颤
受孕的花蕾慈悲为怀
懂得何时花色花香一齐绽放
艳俗随缘，花姿迎风起舞
花心在芬芳中默诵着花语

与花粉粘在一起
与花蕊和花萼一起呼吸
缄默到时光深处
顿觉有花好月圆的意境
随花潮涌动在心海泛起

谷粒的感恩

日渐灌浆的谷粒，在光合作用下
懂得思索之必要，懂得成熟是唯一
懂得农人的期冀假以这风和日丽
就是一夜一夜的秉烛夜谈
只为在漫山遍野早日金榜题名

农人和谷粒有世代相依的情结
可以相守于一隅，也可以相望于江湖
谷粒如此天然的圆润
好多粮仓，都愿是金屋藏娇的福地
但憨朴的农人只需一个眼神
或者一声无奈的叹息
好些涵养丰沛的谷粒，就会尽褪繁华
在农人的心上，小鸟依人

路过一片过时的草地

何处窜出的藏獒竟这样狂吠
把疾驰的车轮撵得趑趑趄趄
枯焦的蒺藜居然让庞然大物泄气
寻根的城市越野瘫成一团烂泥

这草地已是过时的天书
被风翻得厌倦了，四周都是毛边
草根的涂鸦不识阴晴圆缺
牛粪燃过炊烟已化为齑粉
天幕辽阔，翻飞成昨夜的旗语
遥想当年，这里也曾是草长莺飞

而河流还在那边羸弱的流动
藏獒追逐过去便杳无踪影
也许在山的那边，风在早晨吹来
这荒野就可复活成水草丰美
我的车辙把一行诗句留下来
等待喇叭花开，吹得遍地幽凉

慢下来的土地

被歹毒的蒙汗药熏昏的黑土
瘫睡在天空下烂醉如泥
忽如一夜春风剪一片翠柳
于阡陌之间，绿荫年华豆蔻
乍现出慢下来的清纯乡野

时光一旦慢下来，季节就更慢
慢成二十四个舒缓的洞音竹箫
慢慢的农事不懂得调情
拒绝任何嫁接更拒绝转基因
土地的家族素以纯种繁衍生息
结绳记事起就崇尚处女情结
任乾坤星移斗转，固执的土地
自知哪天才能按卦语爻辞托付终身

守望慢下来的土地禅意无限
每一粒种子都是大隐隐于土的忍者
守一株稻穗，守夜露在花萼里坐床
雾帏之缠绵，会让难耐的夏蝉嫉妒

慢下来的农人开始与土地温情缱绻
以农时为圣旨，对过往的劳作刨根问底

土地慢下来，慢成乡村有机生活
一粒种子好比一颗菩提心
无所谓哪天收获，只要在今天耕耘

折翅的雏燕

许是刚从温暖的泥巢出来练翅单飞
懵懂的撞击在僵硬的墙体
一扇玻璃切割了天空的幻觉
燕燕于飞，云朵却如悬空的铁块
稚嫩的尖喙，饮恨在咫尺的杯水

我猛一抬头，阳光如利箭伤眼
一只雏燕在光影中喋血惊魂
虽一次次地扑腾而来
却一次次地折翅而下
我的思绪里掠过一股倒春寒
如此诱人春色，却似天地鸿蒙

找不到北的初梦
穿不透风尘的羽翎
可曾知道啼血的黄昏里
何处呜咽声中的空巢正摇摇欲坠

第四辑

心已素　窗外暮色远

夜色下的盘旋

银鹰的翅膀战栗着
从我的心底延伸出昏沉的渴望
气流托着机翼
机翼托起柔美的地平线
舷窗旋转着忽明忽暗的眼眸
在急急地俯瞰
哪一片温情的灯火意境阑珊

盘旋在低空的归人，因为晚点
错过了良夜最后的晚餐
忧心城里的鸟巢是混凝土垒起的
带刺的羽毛长成了缠丝草
觅食的秉性已蜕化，豢养的野味
全被软包装而没有一点脾气
因为晚点，这一阵盘旋更是饥馑难耐
鹰翅猛扑，城市的美味才浮出水面

哪一盏彻夜的台灯在跑道上导航
夜幕落下来，展开献媚的舷梯

我顺手揣一把云朵作为钥匙
你在哪里，满眼都是玄幻
夜色是你，我如风一样穿行

院线内外

幸好院线里下了一阵毛毛雨
空气里泛起了潮湿的氤氲
不然我接近燃点的发梢
恐怕要焚毁一夜的繁华

银幕被磨砺成锋利的刀刃
从他们的脖子上轻易地划过
血流下来，比惨遭涂炭还残酷
僵硬的躯体还在，灵魂却被凌迟
放映员不露声色地从女人的口袋里
把情感掏出来在验钞机上祭祀

无法挣扎，院线如地堡封闭
舒适的软座形同桎梏
抬起谢幕的眼皮时
才发现入戏有道出戏无门
外面的夜色很快围进来
接收这些迷失了归途的影迷

城里的悬崖

在笔直的城市干道上策马而过
享受不到大漠落孤烟的驰骋快感
全框架大厦的直角都很尖削
滑腻的蓝玻璃上长不出苔藓
楼尖处有飘移的云岚
瀑布似的飞泻下来
无数的雨刮器赶紧胡乱地洗脸

问题不在高耸入云的架构
不在乎直角，锐角抑或流线型
让人眩晕的也不是浮华的笑靥
不在乎大理石，花岗石或是湛蓝的创意
有些楼层里整天都碎纸屑飞扬
把仙人掌盆景看成轻飏的蒲公英
有些角落里有暗度陈仓的升降机
用抛物线左右弱者的命运

有一天有个红衣女子露出心上的刺青
作飞蛾状直呼要溶化进蓝天的梦幻

而楼层里的那些皮转椅还在空转
晕然不觉一幕肥皂剧将要上演
幸好绿化带上长满了弹性十足的蒲草
惊呼声中，扑火的飞蛾
蝶变出一双煽情的彩翼

外面的暮色

外面的暮色笼罩光阴
好像是白昼没有用完的油彩
留给归鸟的翅膀夸张地涂抹

山形抽象成风的幻动
河道固化为蛇行的曲线
树影追逐树影
荡出天际迟暮的涟漪
我在窗下寻觅白天的过往
暮色里还有多少残存
这厚重的幕帘后面
何时能撩起冰山一角
子夜，星光能否洒下一些
古城墙上斑驳的忆念

昨夜　凝视太深

昨夜天黑早于昨夜
时间流失于时间
天地是玩不转的魔方
白天的云不知避让夜晚的雨

昨夜是不该解析的梦
陨落了最后的一颗孤星
误解一堵不透风的墙
比撬开一扇紧闭的门更容易
就像彩票错失了中奖的号码
百合花错过了开放的季令
凝视深渊太久
深渊就给你回头的凝视

昨夜，就在昨夜
因为迷路而怪罪于路

雾锁愁城

这雾，无厘头的缥缈而起
把优柔的玄月打入冷宫
城头变幻，梦境遭枕边泪湿透
门庭插满降伏的白旌
城头的疆域本是如此辽阔
如此的透彻被雾沫亵渎
草芥绵延倒下
捂住蜉蝣的心跳
墙外有护城河松弛下腰带
只听到喟叹而见不到绣红
落帆卷卷，裹住发不出的信笺
疲惫的邮差已困在古驿道

这是哪年垒起的城坻
经不起一番轻薄
这是谁家管不住的浪子
不懂处事温良恭俭让
我拼命睁大眼眸
雾气却把睫毛织成挂帘

愁情在方向盘上空转
雁鸣在隔岸干等
我祈望阳光骑一匹骏马
载我手持斧钺
一声长啸潇洒一生

树与河

树荫躺下去的时候
河流就站起来了
流沙底层的经络间
触须盘根错节缠满岸的腰肢
树干的年轮里浪头奔涌
野性的气势直逼天空让路
分杈的支流分成枝丫
让浪花摇响一串串耳语

河再躺下去的时候
树就重新站起来了
钓起的鱼在树杈间游动
果汁把树皮涂抹成闪光的鳞片
河与树长成一体
逶迤的岸成就了旷世风景
远远的绿荫滔滔
通向天涯的极致
近近的波纹涟涟
自然之树已深入地心
苍郁的岁月里
布满生命坚韧的根系

竞　争

风会不会和空气竞争呢?
风得到速度的快感
空气收存了虚无的痕迹

水会不会和河流竞争呢?
水爆开了浪花的浮华
河流吸纳了空洞的喧响

皱纹可以和皮肤竞争吗?
眼睫毛可以和眼睛竞争吗?
灵魂可以和肉体竞争吗?

答案可以和问题竞争吗?
节气可以和气候竞争吗?
死亡可以和坟墓竞争吗?

竞争可以和竞争竞争吗?
自己可以和自己竞争吗?
这些无谓的纠结，太耗费心机

夜市的良心

擦肩而过，这街头色彩纷繁
来来往往的饮食男女
领带越系越紧逼仄街道
大口大口地气喘，笑落口红
像纸屑毫无顾忌满地飞吻

谁留意到身边的凡响
一只导盲犬搏动夜市的良心
低微而敏感的鼻息
嗅出了斑马线和红绿灯的味道
脚印绽开出夜来香
在凹凸的盲道上刻下忠诚的路标
这善意良多的导盲犬
只为引领不识人世沧桑的主人
去一个叫宽窄巷子的僻静处
赴今夜最后最美的盛宴

喧嚣之夜

打击乐的杀伤力如林中虎啸
把今夜的广场震荡成史前的荒原
音箱射来的箭镞从肋骨间穿过
铜管的键子戳到了耳膜的防线
盛气凌人的指挥一扬起魔杖
我的手臂就被敲击得瞬间脱臼

我赶紧捂住创口
从茂密的人工林中仓皇逃离
想寻觅和我一样遁迹的清流
一边洗濯心底的疾患
一边听几声鹿鸣呦呦

隔壁人家

隔壁贪杯的男人
挨到月亮醉了才被妇人催回
可是电梯被酒气熏昏
提不起他的醉态
他踉跄的脚步声
只好在消防楼道里
被一层又一层地折来拐去

无语之窗

一杯波尔多盛满月光的孤独
太满了，打湿了酒吧精致的桌布
刚来的小女子本喜欢这里临窗
可以眺望天书上的鹊桥
但这杯酒如此障眼
溢出的语气散发清冷
她怨艾地转身而去
这杯波尔多愈发无语

光阴垒起的门槛

这期时尚杂志如新款服装上市
在街头的书摊搔首弄姿
简约的领口让胸线凸出
镂空的纱幔暴露了皮肤的渴望
大腿上补缀的牛仔碎片
盖不住青春的强悍

我的老花镜被雾化了
分不清是白天还是夜晚
只能怪自己的骨骼钙化
迈不过光阴垒起的门槛
别人是在相约去太空度假
我的心跳还是小竹板的节奏

在地铁的进闸口

地铁一列又一列地鱼贯而来
在城市的眼皮下暗送秋波
我愣愣地站在出闸口
被匆匆的行色弄得眼花缭乱
我只想等纷纷尘埃渐渐落定
看会不会有一条我儿时放生的蚯蚓
敢从轰隆的地声里蠕动出来

拥挤的商场

降价的过山车呼啸而至
商场里顷刻挤满抢购的人潮
香味浓得化不开
最后一趟班车一票难求
我也拼命想挤进去
持一根良心的钻头
在售货员那浮浅的笑靥里
看看能否开掘出一点含金量

忽然心动

忽然的停电
整个城市都陷入冥想
我仰坐在陷落的沙发上
柔软的时间包容着我
我忽然想学老僧面壁
盘腿、打坐、念经
不必祈望无常的色相世界重现
只想咒语，照见五蕴皆空
此刻真是大赐良机
我心头顿然熹光初露

无　题

李商隐的无题诗
从诗友群的微信公众号上闪屏出来
晦涩的秋夜
雨滴在屏幕上有唐朝的菊香
情色还没被程序过滤
但隐喻却让快捷键点白了
在夜店的时鲜烧烤架上
李商隐的这些无厘头诗行
被撕扯进“相见时难别亦难”的唇齿
穿透了古今所有聚散无常的积淀

月亮是个好品牌

某日，信步于鼎沸的商业街
发现一向借景寓情的蓝月亮
竟然被怪诞的时装文身
在 T 型台上以猫步走秀
粉丝抛出爆米花一样的飞吻
让月夜的独白印满众筹的口红
我想如果李白懂得穿越
把那首关于月亮的名诗加上副标题
直接与某个品牌粘贴在一起
即可在歌伴舞的今夜
被时尚簇拥着衣锦还乡

迟来的一吻

一株牵牛花渴望恋爱
忙不迭地在墙体上寻寻觅觅
墙体在风雨中轰然坍塌时
这株矫情的牵牛花
瞬间失去了活下去的勇气
她不知矮小的趴地草
早已暗恋她很久很久
只是头埋得低到尘埃
每天小心地抚慰脚下的沃土
等她骤然跌落时
迟开的花和执着的草
接上了迟来的一吻

路与灯

高挑的灯杆如守约的恋人
把路上羞涩的阴影一一褪去
一弯黛眉挑起清丽的灯罩
水灵灵的眼眸清澈过夜空
疾驰而来的车灯干脆节约点心思
刻意低垂眼帘不让路灯发现自己
这所有浪漫而珍贵的时刻
最好留给路与灯来两情相许

隐　私

夏天是太阳最劳累的季令
每天从早到晚汗水涔涔
每天清凉的山坳下苇草铺起凉席
只等太阳轻褪彩裙安然入寝
偏偏有大片乌云赶来献媚
情丝雨丝一股脑铺天盖地
恰巧闪电的一声霹雳
掀开了我紧闭的窗帘
从一片白茫茫的缝隙中
我惊见了天地间的隐私

站台上

在站台上熙熙攘攘的人流中
快乐和痛苦交换着彼此的方向
有人兴许在想着家
有人在担忧终点无人等待
我却一个人默默地望着远处
为一根铁轨永远的孤独而黯然

医院偶遇

在医院候诊的长廊里
无数的病菌在空气里爬行
一位痴呆的老父亲
瘫坐在长椅上任疼痛欺凌
他把女儿的肩膀当枕头
不想就医，只想重温儿时的光景

小时候女儿也这样常常偎依他
父亲的肩膀好似山中的台阶
垒出一层层天梯
女儿登上了城市的顶层
这一刻辈分彻底颠倒
生长和衰老都交给时光来导演
医生象主宰命运的祭司
温和的一瞥
答案就刻进了岁月的病历

朋友之间

妻在厨房里忙忙碌碌
把冰冻的热情炖进高压锅速成
客人一入门就闻到香气四溢
原来是排气阀泄露了菜谱
我在书房里不禁赧颜
面对一贯把真情视为生命的朋友
我羞于贸然出来，从厨房里
端出这些不是文火慢烹的佳肴
让多年的友情
变成了经不住回味的赝品

想　家

离家很久的时候
想得骨头又痒又痛的时候
看那远处的山脉也似波浪涌动
一波一波的直扑过来
落叶在脚下翻来覆去
象泡沫一样真实地幻灭

昨夜幽梦

天亮时分
昨夜的梦催我快点醒来
我揉着眼皮幽幽地说：
昨夜一颗眼泪和一滴露珠相恋了
此刻还在我的眼帘里情意缱绻
我一醒来就要洗脸
怎么忍心惊扰他们呢？

快乐的悲伤

忧郁的云蓄满泪水
被快乐的飞鸟驮在身上
穿来穿去
把大片的云彩撞得七零八落
我深知哪朵云郁闷得太久
稍稍同情就会止不住泪奔
飞鸟的翅膀万一被湿透了
一齐从天上跌落下来
何处能承接住这快乐的悲伤?

待　客

待客的妇人
把没有削皮的苹果递给我
水淋淋的感觉很是生动
我本习惯要削了皮才能吃下去
此刻却有点踌躇
苹果的内核与陈皮连于一体
好像涵养和风度难以分离
是酸是甜
我都不好意思动刀子削去

在寺院门口

在寺院门口
一个口沫横飞的愣小子
剐掉了别人车身的油漆死不认理
转身又来到法物流通处
慷慨地掏一把钱请最长的香火
他持香贸然从右门进入庙宇
状似虔诚地拜佛时
竟然没有发现，他的衣襟上
还沾着刚才磨蹭的挂碍

千古之谜

一种果实只有一件衣裳
这方面造物主实在是吝啬
而人世茫茫有数不清的面孔
数不清的面孔有数不尽的衣装
如何以貌取人
抑或是以人识貌
这个千古之谜，实在费解
注定让我纠结一生

精简一首长诗

当洗衣机的甩干筒飞旋的时候
我正为精简一首长诗发愁
忙叫住扭动旋钮的妻子
可否等我一下
我还有一件不合时宜的物件
被编辑扔了回来
如果要把多余的水分挤干
只有狠下心来
请甩干筒作刀笔吏

岁月的忧伤

年少的时候
把零食和时光揣在衣兜里
满不在乎随处抛洒
嚼不出愁的滋味
如今白发缠住了脚步
日子如磨损的地砖
失去了时光的光洁
舌苔积满经年的苔藓
咀嚼不出月光的味道`
屋顶的瓦片一匹一匹地坠下来
碎片上划满了岁月的忧伤

病中的敏感

久卧病榻，难免悲怆而敏感
摸到的生命线越来越细
渐渐勒紧支撑余生的脖颈
忍不住把一纸遗嘱
悄悄塞给茫然无措的儿子
当我命悬一线时
不要让氧气面罩捂住我的鼻孔
让机械制造的呼吸
灌满我的肺泡
我宁愿是一朵野花被晒蔫
最后让温润而绵软的故土
亲亲地掩过我多舛的一生
让我永远偎在母亲的襁褓之中
时时感到细风微雨的爱抚

小　草

游步道旁的一丛小草
每天都被抄捷径的脚步践踏
柔性让她顺从地倒下去
韧性又让她决断地挺起来

小草啊，你倒下的时候
我的心上塞满了无言的悲哀
你昂起头来的时候
我发现掩埋的草根下
美与好在泥土深处频频发力
顿感到遍地蕙风和畅

莫名的担忧

科学家说太阳已存在 45 亿年
还有 5 亿年就要变轨
我像忧天的杞人
对 5 亿年后莫名的担忧
我唯愿太阳离地球远点
这样刚好抵消全球变暖
无论如何不能抵近
想起来就汗毛直竖
多少年了啊
多少惺惺相惜啊
人类耸立的一座座思想高峰
难道顷刻间就要化为乌有？

幻 觉

读古籍久了竟产生幻觉
就像被风灌醉的落雁
不知归巢在哪棵树梢
我怕记不住没有读完的页码
干脆剪一绺白发
夹在灰尘扑扑的册页里
迷迷蒙蒙地看起来
那一绺白发又像是青丝许许
杂草一样从衣冠冢里冒出来

钓夕阳

在夕照下的岸边垂钓
天意旷达，鱼钩可以抛得很远
会否抛进若干年前的沧浪之水
钓一片似曾相识的落霞
无所谓鱼，亦无所谓鱼饵
鱼线的长短全在于手感的把控
身边还有三三两两如我的醉钓者
喜欢在晚景的光晕里
让自己的愚念漂在浮吊上
随时间的涟漪
一圈一圈地钻进去

阳光与琴声

——听街头演奏

没有花开的公园草坪
没有音响的露天广场
一位盲女孩在演奏小提琴
她的琴弓如颤跳的马尾辫
把天空上一朵朵漂移的云拉下来
把树荫里倦怠的鸟翅逐一散开
婉丽的琴声散如光斑
穿过琴弦编织的筛子
如爆米花溅起一地脆响
我听见阳光渗满琴匣
草叶飘拂成琴弦
发出花蕾悄然绽放的声音